桂图登字：20-2021-002



图书在版编目（CIP）数据

音乐的魅力 /（日）翠川敬基著；（日）堀内诚一绘；周龙梅译．— 南宁：接力出版社，2023.4（2024.2 重印）
（大科学之友经典科普书）
ISBN 978-7-5448-8111-1

Ⅰ．①音… Ⅱ．①翠…②堀…③周… Ⅲ．①儿童故事-图画故事-日本-现代 Ⅳ．① I313.85

中国国家版本馆 CIP 数据核字（2023）第 042904 号

责任编辑：陈潇潇　　美术编辑：卢　强
责任校对：高　雅　　责任监印：刘宝琪　　版权联络：闫安琪
社长：黄　俭　　总编辑：白　冰
出版发行：接力出版社　社址：广西南宁市园湖南路9号　邮编：530022
电话：010-65546561（发行部）　传真：010-65545210（发行部）
网址：http://www.jielibj.com　　电子邮箱：jieli@jielibook.com
经销：新华书店　印制：北京博海升彩色印刷有限公司
开本：787毫米 × 1092毫米　1/16　印张：2.75　字数：30千字
版次：2023年4月第1版　印次：2024年2月第2次印刷
印数：10 001—13 000册　　定价：35.00元

书中地图系原文插附地图
审图号：GS（2023）666号

大科学之友
经典科普书

# 音乐的魅力

YINYUE DE MEILI

[日]翠川敬基 著 [日]堀内诚一 绘
周龙梅 译

接力出版社
Publishing House

“桃子，过来！”

阳阳大声叫着小狗桃子的名字。

可是，桃子根本不理睬他。叫了几次都不肯回来。

就在这时，一位戴着一顶怪帽子的老伯伯嘀嘀地吹了吹口哨。

你猜怎么样？桃子竟然快速地跑了过来。

“老伯伯，您是谁呀？”

“你问我吗？我叫萨迪。我告诉你啊，想要叫小狗过来，吹口哨最灵了。”

老伯伯的样子虽然有点怪，可阳阳不知为什么喜欢上他了。

阳阳还想，如果自己也和老伯伯一样会吹口哨就好了。

于是从这天起，他拼命地练习。不过，无论怎么练，总是嗞嗞地漏气，却吹不出声来。

终于有一天，“咻”地发出了一点点声音。“太好了——！我会吹口哨了！不过，口哨是怎么吹响的呢？”阳阳觉得很不可思议。

有一天，阳阳将自己的疑惑告诉了萨迪老伯伯。

“阳阳，你不是有在学校上音乐课时用的竖笛吗？你把它拿来。”

萨迪老伯伯一边用手指按着竖笛上面的吹孔，一边对阳阳说：“吹进去的气息，通过这些小孔碰到笛子的内壁，气息变成旋涡，就会发声。吹口哨也跟这个是一样的道理，气息通过嘴唇狭窄的缝隙，一股劲儿冲到外面的时候，就会变成旋涡发出声来。”

“噢——”阳阳还是不太明白，但他想，能够制作出一吹气就能发声的乐器的人，真是了不起啊！因为吹口哨也需要好几个星期才能学会呢。

“既然了解了竖笛的发声结构，那顺便也来研究一下其他的乐器好不好？”

“啊？可是我不喜欢音乐。要一动不动地听，好烦，而且也很无聊，不如到外面去玩更开心。”

萨迪老伯伯看起来有点忧伤。他向阳阳提了一个问题：“那么，锯子、弓、回旋镖，这些东西都可以用来做同一件事，你知道可以用来做什么吗？”

“用来做什么呢？我完全不知道。”

“平底锅、汽油桶和绵羊下颌骨也一样哟。”

阳阳回答不出来。

萨迪老伯伯微笑着告诉他说：“这些东西都是乐器，而且不是过去的古老乐器，它们现在也在被使用。”

锯子叫锯琴，当你摩擦它时，会发出好听的嗡嗡声，听起来像是有妖怪要出现了。

弓是一种叫拨铃波琴的巴西乐器，用一根小棒敲击安装在弓上的琴弦，发出嘣嘣的声音。

回旋镖，你是知道的吧？这也是一种很棒的乐器，两块回旋镖互相敲击，会发出咔嚓咔嚓的响声。

“啊？真的吗？！音乐好像还挺有意思的。”

音乐到底是什么呢?

“什么时候开始有音乐的? ”

“有的人说，人在模仿动物叫声的时候产生了音乐；有的人说，人在说话、生气、哭泣的时候产生了音乐。有各种各样的说法。”

“那就是说还没有确定的答案吧? ”

“嗯，虽然是这样，但音乐就像一面镜子，反映了人们的心灵，它能以声音的形式表现出人们无法用言语表达的感情。”

声音无处不在。但仅仅把它们聚集在一起，并不能成为音乐。只有串连出可以牵动人心、感人肺腑的声音，才能称得上音乐。

音乐的三要素之一

## 旋律

“太郎唱歌不好听，你知道吗？他五音不全。和大家一起唱歌时，他总是跑调，好奇怪。有一次他自己一个人唱，根本听不出来唱的是什么歌。”

五音不全是怎么回事呢？那就是偏离规定的旋律。

旋律表现了音乐的外貌和体形。就像小朋友们有高矮胖瘦一样，音乐也有各种各样的体形。而且，国家不同，种族不同，语言不同，音乐也会有很大的差别。

因此，如果太郎在其他国家唱歌，也许不会被认为五音不全呢。

旋律是从语言中诞生的。也就是说，“英语圈”的国家有英语的旋律，阿拉伯国家有阿拉伯语的旋律，日本有日语的旋律。不过，现在各个国家的旋律逐渐互相融合，很多旋律已经不知道是从哪个国家的语言产生的了。

哆来咪发嗦拉西哆。我们经常使用的唱名，原本也是意大利语。通常我们学习的音乐理论是以诞生在欧洲的音乐为基础的。

但是，请不要忘记。每个国家，即使形式不同，但都有着各自美妙的音乐和旋律。

音乐的三要素之二

## 节奏

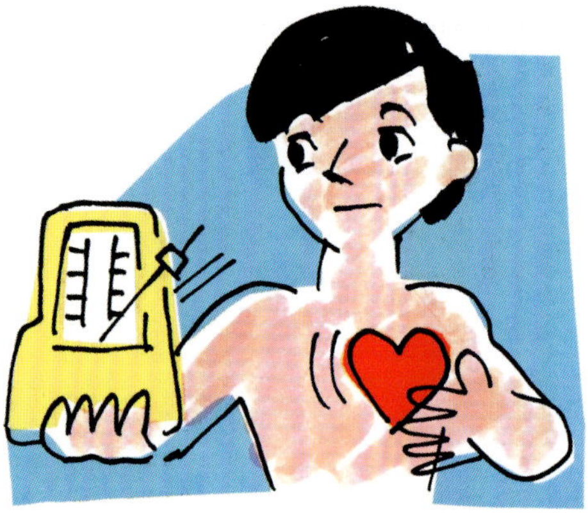

怦怦怦怦……

为了把新鲜的血液送往身体的各处，心脏在有规律地跳动着。

若把旋律比作我们的外表，那么节奏便如同心脏的跳动。与心跳不同的是，节奏并不总是基本恒定的。怦，怦怦，怦——，怦——怦，有时短，有时长。

不过这么说来，人们在兴奋或快跑的时候，心跳会加快，而在熟睡的时候，心脏会缓缓跳动。

音乐也一样。当奏起勇猛的乐曲时，节奏非常快，而演奏悲伤或是沉稳祥和的乐曲时，节奏会变得十分缓慢。

你看，节奏是不是跟我们的心跳一样？

音乐的三要素之三

## 和声

只要有一个旋律和节奏，音乐就可以开始了。但就像每个人有很多好朋友一样，几个旋律和节奏合在一起，会变得更加有趣，更加开心。

而且还有很多一个人无法玩的游戏，比如棒球、足球、丢手绢和捉迷藏。虽然有时和朋友吵架后会想到再也不一起玩了，但还是会觉得一个人待着很无聊。即使会吵架，也是和朋友一起玩更开心吧。

几个旋律合在一起，有时候音符之间会相互碰撞，发出奇怪的声音。但是，能听到各种不同的声音，是一件非常美妙的事情。这就是和声。

和声在音乐史上，算是在较晚的时期产生的，可以追溯到 9 世纪，距今有一千多年了。在那之前，大家都是以同一旋律一起歌唱。

你们认识多少种乐器？

口琴、竖笛、小号、小提琴、吉他、钢琴、鼓……大概这么多吧？但是，世界上还有许许多多我们不知道的稀奇乐器。

这些乐器大致可以分为三类。

一类是吹进气流发声的乐器。口琴、竖笛、小号、长笛和长号，都是这一类乐器。这些吹气发声的乐器叫作管乐。

管乐的管，是指吹进的气流通过的管子。

接着是摩擦琴弦、拨动琴弦发声的乐器。

小提琴、大提琴、吉他等就是这样的乐器，叫作弦乐。弦乐的弦，是指绷紧的琴弦。

**小提琴和它的伙伴们**

打开钢琴的盖子看一看，也会发现里面有很多绷紧的琴弦，竟然有两百多根。所以，钢琴也可以算是弦乐。

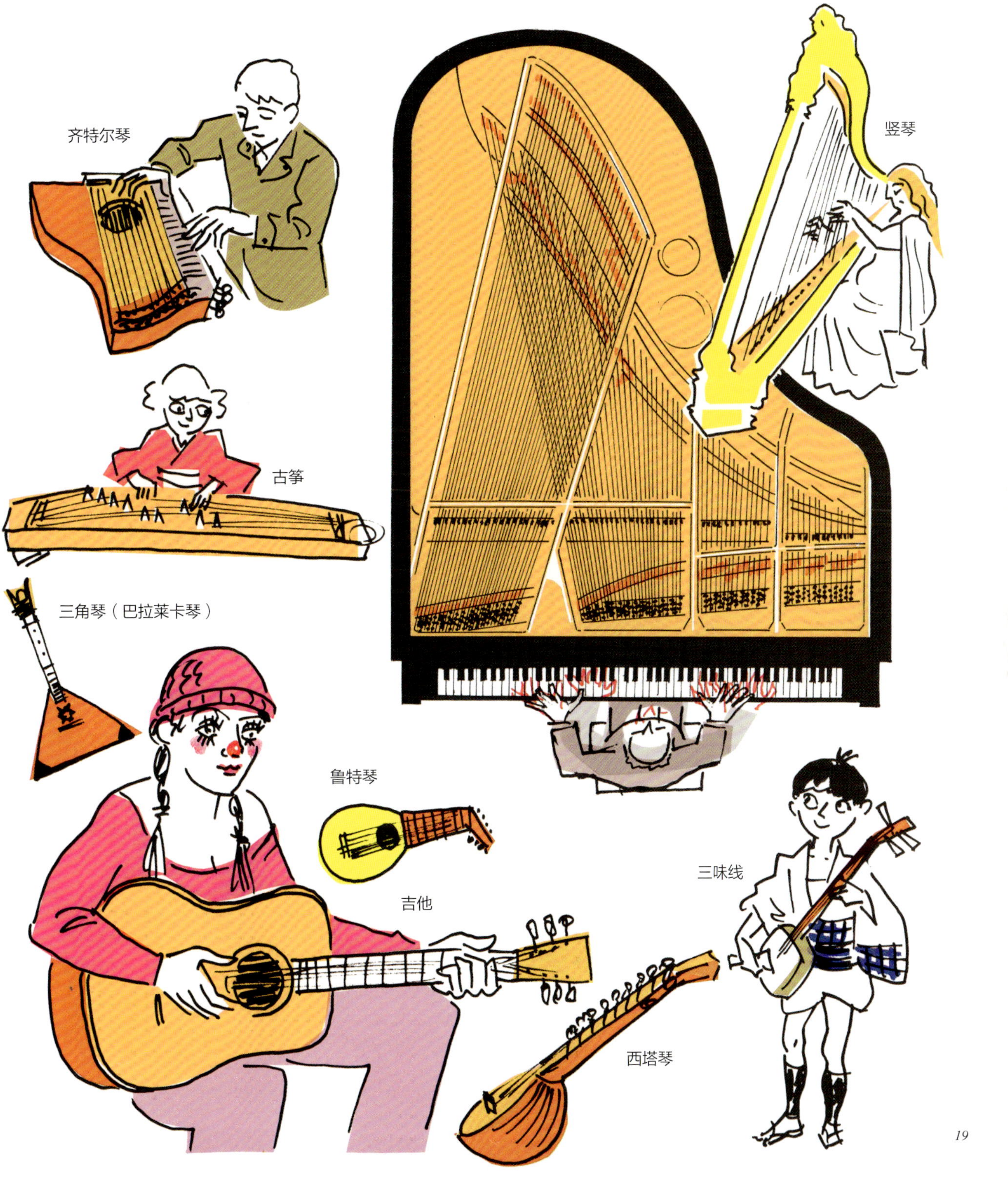

最后是敲击发声的乐器。

鼓、钹、响板、马林巴、三角铁等都是这一类乐器，叫作打击乐。

只要是敲击能发声的东西，都可以是打击乐。用勺子敲击杯子，拍打脸蛋都可以成为打击乐。但是……拍打脸蛋很疼，所以没人喜欢拍打脸蛋做打击乐。

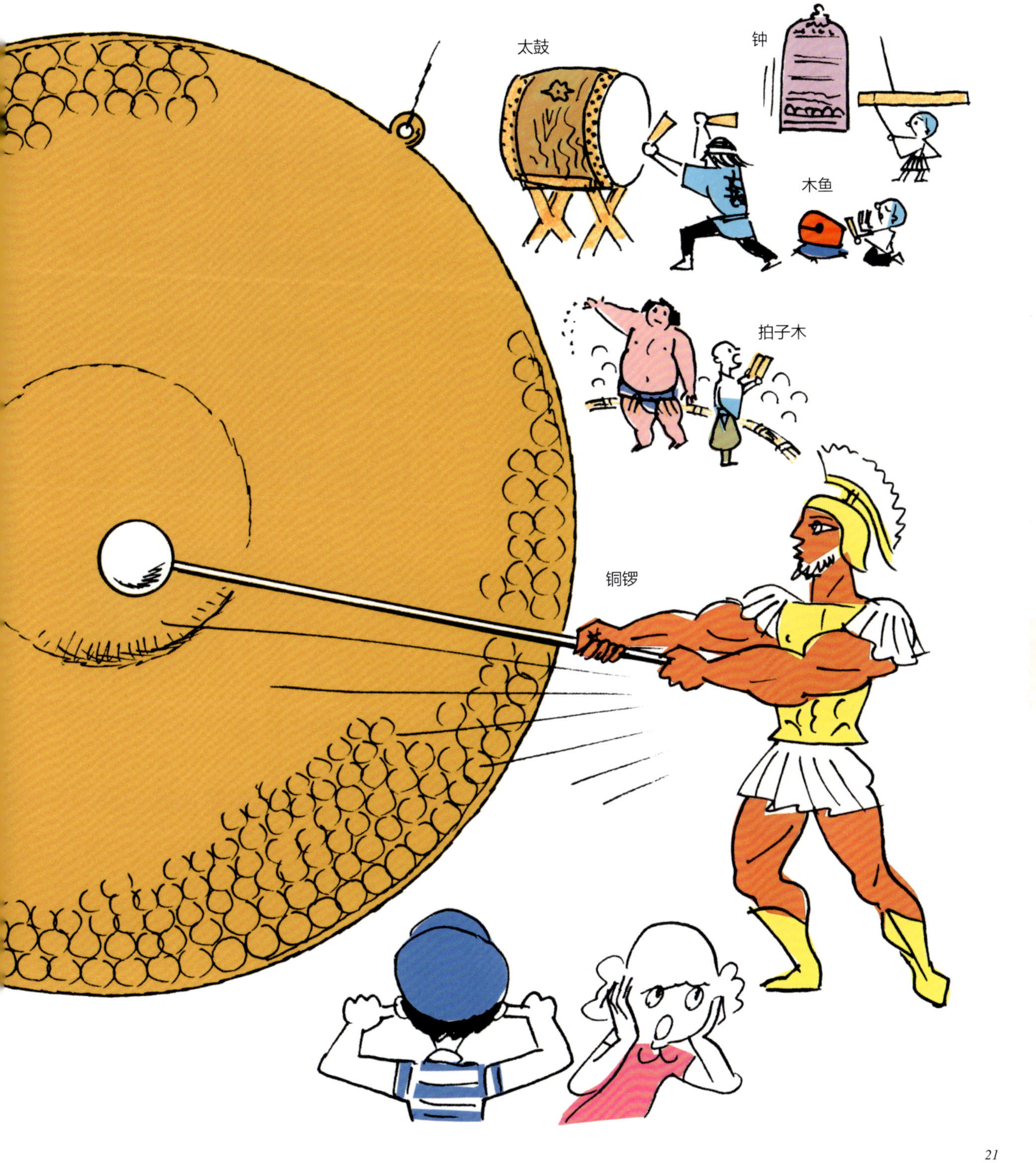

管乐、弦乐、打击乐。交响乐队将众多乐器汇聚一堂，在指挥的带领下，编织出美丽如画的声音毛毯。

管乐有小号、长号、圆号、大号、短笛、长笛、双簧管、单簧管、英国管、大管……

弦乐有小提琴、中提琴、大提琴、低音提琴，还有竖琴等。

打击乐有小军鼓、大鼓、钟琴、定音鼓、钹、三角铁等。

认真看着指挥的指挥棒和面前的乐谱，不要出错。好了，愉快的音乐演奏就要开始了。

夜幕降临非洲丛林。月光如柔软的面纱，笼罩着寂静的夜。在辽阔的草原上，丛林宛如一幅剪纸画，黑黝黝地浮现出来。

凝神望去，可以看到夜行动物的眼睛闪闪发光。侧耳倾听，咚咔、咔、咚……

那是什么声音？它从远处传来，紧接着在附近也出现了——咚，咚，咚咔，咚咔。

原来是居住在丛林里的人们正在击鼓的声音。

在丛林里，鼓被用来与远处的人取得联系，相当于电话。

维京人的
角笛
蛇号
英国
小提琴的前身
管风琴
鲁特琴
喇叭
羽管键琴
拨弦古钢琴
德国
德西马琴
击弦古钢琴
英国
摇弦琴
旋转转轮摩
擦琴弦，发
出的声音类
似小提琴
匈牙利
风笛
以意大利为
中心发展的
乐器
竖琴
波斯
笙
琵琶
阿夫洛斯管
双簧管的
先祖
古希腊
苏美尔竖琴
火不思
排笛
管风琴的先祖
古希腊
瑞士的
阿尔卑
斯长号
基克拉迪的
竖琴手雕像
里拉琴
古希腊的一
种七弦琴
亚述竖琴
铜钦
胡琴
中国乐器
基萨拉琴
希腊、罗马
吹笛子的
爱神像
围锣
泰国
手鼓
摩洛哥
塔姆塔姆鼓
非洲西部的
竖琴
桑柯
缅甸竖琴，也
叫凤首箜篌
拉巴卜
阿拉伯国家
船形竖琴
埃及乐器
西塔尔
萨朗吉
琴身由一整段树
干掏空制成
吊锣
甘美兰
印度尼西亚
印度乐器
齐萨琴
非洲东部的
七弦琴
立式竖琴
芦笛
长笛的先祖
塔布拉鼓
壶形高音鼓
巴亚鼓
锅形低音鼓
苏灵笛
热巴布
肯当鼓

学习了音乐的历史，你会明白许多事情。

通过了解乐器最初的演奏方法以及发源地，可以感受到世界意想不到的广阔和联系。

**乐谱**

一定有许多人喜欢音乐，但是很讨厌乐谱。不过请放心，即使不会看乐谱，也可以尽情享受音乐。而且，世界上没有乐谱的音乐多得是。

说起来，乐谱就像是录音机一样的东西。好不容易创作出来的优美乐曲如果很快就消失了，岂不是太可惜了？

就像把一段音乐用录音机录下来一样，你可以用音乐符号把它记录下来（这叫作记谱），以后还可以再演奏它。

乐谱就是在这种需求下诞生的。

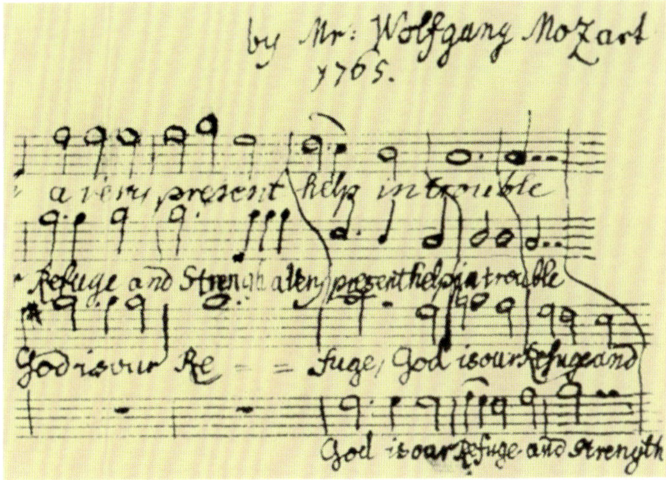


⬆ 9 岁的莫扎特在伦敦创作的牧歌体裁的作品乐谱

⬅ 拉小提琴的少年莫扎特

➡ 贝多芬一边散步，一边在构思乐曲

⬆ 贝多芬手写的乐谱《田园交响曲》（1808 年）

## 各种各样的记谱方法

我们今天看到的大多数乐谱都是五线谱。这种记谱方法是 17 世纪以后在欧洲音乐中发展起来的。五线谱并不完美，之所以沿用至今，是因为还没有发明出更好的记谱方法。

在五线谱之前，人们常用字母或符号，甚至是几条线来表示音高，这不仅不方便，还有很多不准确的地方。这种记谱方法中，最有代表性的是纽姆谱，它用一些符号记录旋律，并被用于谱写著名的《格里高利圣咏》。

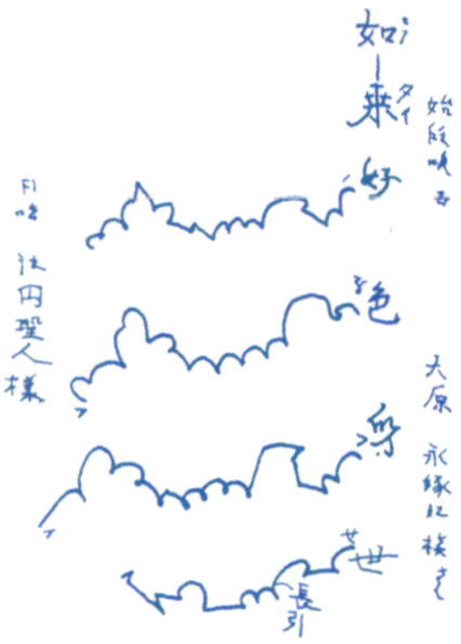

日本音乐《声明》也使用了纽姆记谱法。上面的谱子像不像蜿蜒爬行的蛇？跟着它让你的嗓音颤抖起来。

13 世纪在西班牙抄写的纽姆谱（纽约　美籍西班牙裔协会博物馆及图书馆收藏）➡

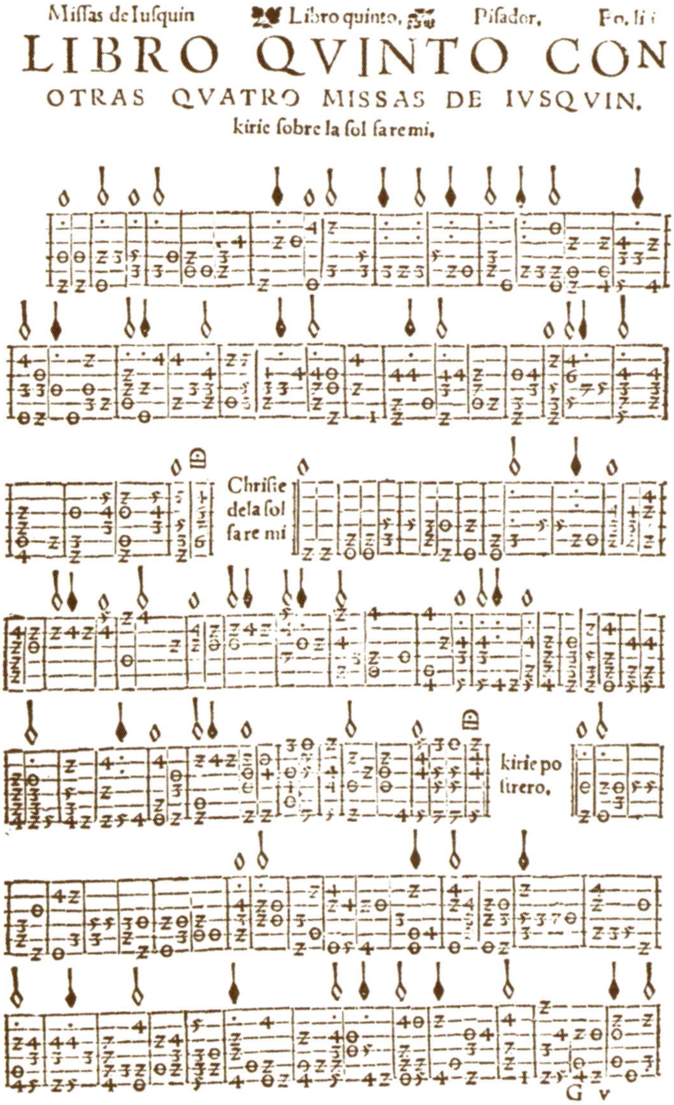

除此之外，还有一种为演奏乐器者发明的，用数字等符号表示手指弹奏位置的奏法谱。

左侧的乐谱是16世纪西班牙作曲家所写的奏法谱。

现在，演奏吉他等乐器时经常使用奏法谱。

另外，演奏现代新兴音乐时，有时也不用五线谱，而是用一种使用图表和数字的乐谱，叫作图形乐谱。

⬆ 西班牙作曲家迭戈·皮萨多尔的《比维拉琴曲集》（1552 年）

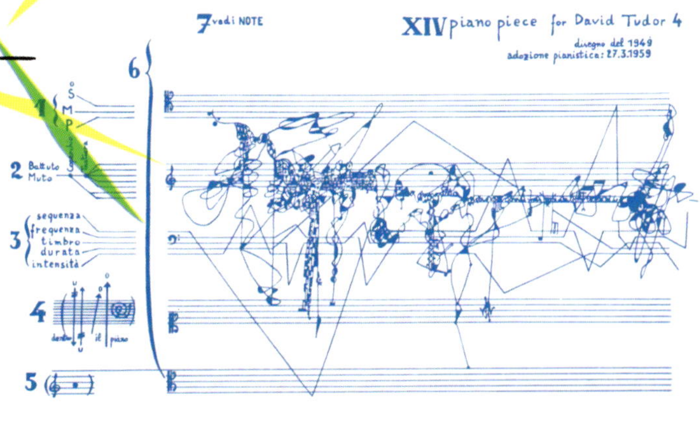


意大利作曲家西尔瓦诺·布索蒂的《钢琴小品集》（1961 年）➡

“阳阳，你要不要跟朋友一起到我的仓库里来探险？虽然都是些破烂儿，但可以用这些破烂儿来做乐器哟。”

可以到破烂儿堆里探险，好像挺有意思。阳阳立即叫上朋友，来到了萨迪老伯伯的仓库。

铁管子、车轮胎，还有铁丝、坏了的表和铁桶。

“这样的破烂儿，真的能做乐器吗？”阳阳有点担心。

听了这话，萨迪老伯伯笑着回答说：“只要你们心里有音乐，无论是什么破烂儿，都可以成为很好的乐器。来，我教给你们很简单的制作方法。”

RUE DAC
萨迪
杜尚

“首先来做一件管乐器吧。管乐器所需要的是适当长度的管子和你的气息。”

最难的部分是掌握嘴唇的触碰位置和吹气的方法。可以先用空瓶子等物品噗噗地试着吹一吹，练习一下怎么发声。

接下来再用橡胶管试一试。在一根长 30 厘米左右的橡胶管上面开几个孔。然后将嘴巴贴在管子的一端，嘴唇微闭，颤抖着吹进气息试试看。用手指按住或松开管上的孔，吹出的音高会发生变化。

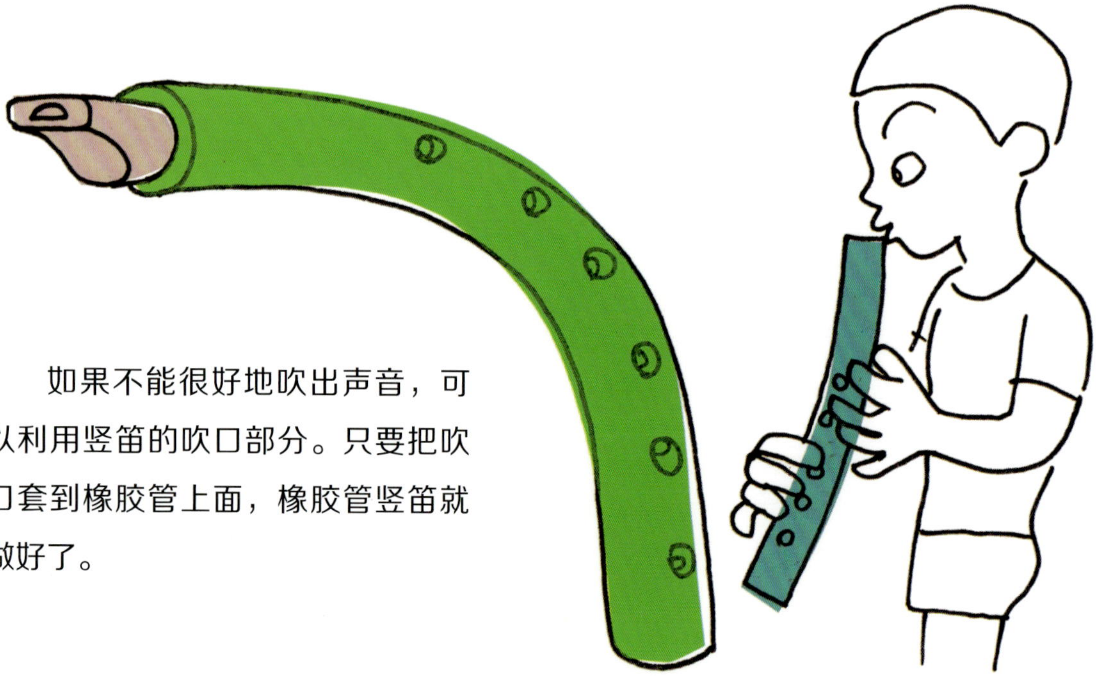

如果不能很好地吹出声音，可以利用竖笛的吹口部分。只要把吹口套到橡胶管上面，橡胶管竖笛就做好了。

然后是弦乐器。

只要绑上琴弦，马上就可以做出一个弦乐器。不过这样做出来的弦乐器，发出的声音可能会很小，所以，为了能使声音响亮，可以配制一个共鸣箱。

把铁丝绑在空饼干盒上，琴弦的松紧程度和长短不同，弹出的声音会有所变化。

如果琴弦的松紧程度相同，粗细也相同，那么长度减少一半，音高会高出一倍。

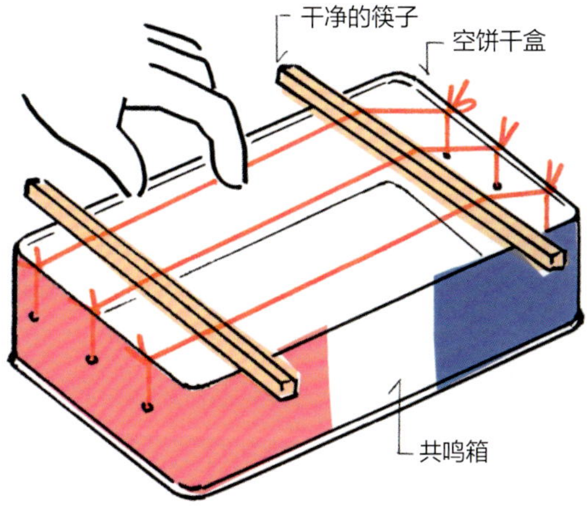


用薄木片盒子做西塔琴

• 这个有点难，但是可以请大人想办法帮忙制作

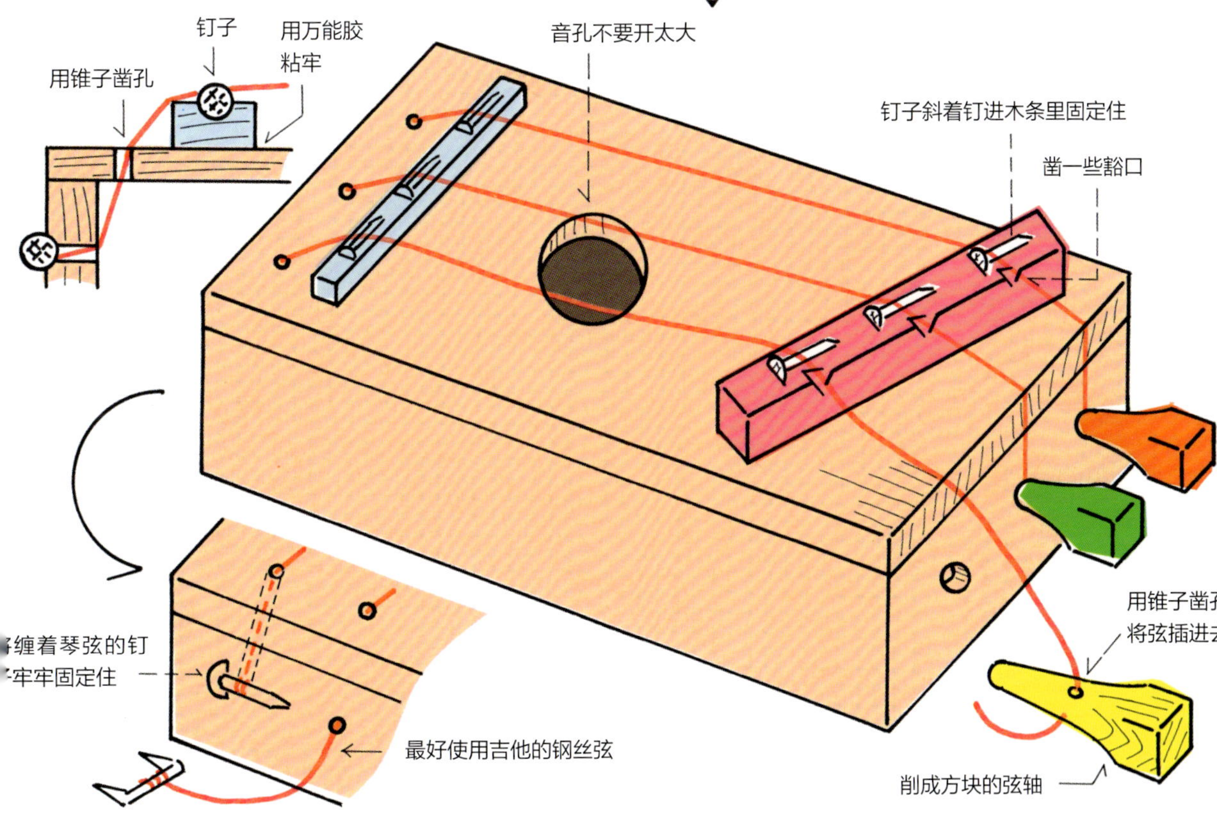

最后是打击乐器。

这个谁都可以马上做好。在装茶叶或点心的圆形空铁盒里面放一些大米或小石子，然后盖上盖子，用胶带粘牢，沙槌就做好了。

随着节奏摇晃时，沙槌会发出沙沙的好听声音。

如果觉得这样太麻烦，就用棍子敲一敲随处可见的瓶瓶罐罐。在几个玻璃杯中分别倒入不同量的水，用筷子轻轻一敲，就会发出好听的声音来。

用你们的创意来制作一些超好玩的乐器吧！

咣 咣 咣 咣 咣 咣 咣……
咣咣咣！
呼呼……
还不错！
嗡——
叮！
当！
咚！
在棍子上这个地方涂一些松香，线绳摩擦时发出的声音会更大。
呜——
这是竖琴长号。
拨浪
太厉害了！
嗒！
嗒！
嚯！
咻！
咻！
硫酸纸
卷纸芯
把线的另一端系成一个环，挂在棍子前端。

“好了，既然乐器已经做好了，就应该演奏一下。”萨迪老伯伯笑眯眯地说。

阳阳有点胆怯，他觉得自己并不擅长音乐。

萨迪老伯伯鼓励阳阳：“不用担心，即兴演奏就行。”

即兴演奏，就是不受乐谱等规定的限制，自由演奏的意思。

如同和朋友自由自在地聊天一样，使用乐器尽情地畅谈。即使演奏不好，也没关系。就算发出奇怪的声音，也不用介意。只要大家在一起咔嚓咔嚓、叮叮当当地发出声音来，就会很开心。音乐就是由此产生的。

最后，萨迪老伯伯给大家讲了一件很不可思议的事情。

音乐虽然为我们人类所有，但事实证明，树木花草等植物也很喜欢音乐。据说，给植物听音乐，它们会生长得更快，结出更丰硕的果实。

没有耳朵的树木和花草是如何聆听音乐的呢？

真是太不可思议了。

## 翠川敬基

1949 年出生于日本长野。东京经济大学毕业。1969 年加入冲至三重奏，成为职业大提琴演奏家。后加入过富樫雅彦组合和管弦乐团，现在成立了自己的乐队。1973 年起参加各国的爵士乐节。出过多张唱片。

## 堀内诚一

出生于日本东京都，平面设计师。曾担任摄影杂志、时尚杂志等的美术编辑，也活跃于图画书和其他儿童图书插画领域。图画书作品有《小黑熊布兰琪》《小汽车有几辆》《太郎出门》《古仑巴幼儿园》《麻雀的冒险》《血的故事》等，童话插画作品有《人偶之家》《渡过雪原》《秘密花园》等，著有《我的绘本美术馆》，编辑图书《绘本的世界・110 位插画家》。1987 年去世。